Le Petit Poucet

Images de Jane King

Le Petit Poucet

d'après l'œuvre de Charles Perrault

Non loin de la forêt vit une grande famille : Léon le père,
Marie la mère et leurs sept enfants. Le plus jeune
des sept est d'ailleurs si petit qu'on l'a surnommé
le Petit Poucet.

Un hiver, le pain vient à manquer.
— Comment nourrir nos enfants ? s'inquiète la mère.
— Je ne vois qu'une solution, dit le père. Nous allons les perdre demain dans la forêt.
Tous deux discutent ainsi pendant toute la nuit.
Mais quelqu'un a tout entendu : c'est le Petit Poucet !

Sans un bruit, il sort de la maison et il ramasse
des centaines de petits cailloux blancs.
Il en met dans ses poches, dans ses manches...
Puis il retourne se coucher sur la pointe des pieds.

Le lendemain, toute la famille part chercher du bois très loin, dans la forêt. A la fin de la journée, pendant que les enfants ne les regardent pas, le père et la mère s'éloignent. Le Petit Poucet et ses frères se retrouvent seuls au milieu de la grande forêt. Que va-t-il leur arriver ?

Le plus grand se met à pleurer :
— Nous ne pourrons jamais rentrer chez nous !
— Suivez-moi ! dit le Petit Poucet. J'ai laissé des petits cailloux blancs sur le sentier. Ils nous montreront le chemin de la maison !
Ainsi, les enfants retrouvent enfin leurs parents.

Quelque temps plus tard, le Petit Poucet entend de nouveau ses parents chuchoter :
— Demain, nous les abandonnerons dans la forêt.
La porte étant fermée à clef, le petit garçon ne peut pas aller chercher des cailloux... Alors, il emplit ses poches avec des miettes de pain, avant de retourner se coucher.

Comme la première fois, le père et la mère conduisent leurs enfants très loin dans la forêt, puis ils s'en vont. Seul, le Petit Poucet les a vus partir... Il est inquiet :
— J'espère que nous retrouverons facilement le chemin de la maison... murmure-t-il.

Mais sur le sentier, il n'y a plus
une seule miette :
les oiseaux les ont toutes mangées !
Peu à peu, la nuit arrive.
La pluie se met à tomber.
— Hourra, nous sommes sauvés !
s'écrie le Petit Poucet en grimpant
dans un arbre. J'aperçois une maison
derrière les buissons.

Le Petit Poucet et ses frères s'y rendent aussitôt.
Là, une brave femme les accueille et leur donne à manger.
— Maintenant, je vais vous cacher dans le lit de mes sept filles, dit-elle. Car mon mari est un ogre terrible et, s'il vous trouve, il vous mangera. Dormez bien et surtout ne bougez pas !

Une heure plus tard, l'ogre est de retour et il grogne :
— Ça sent la chair fraîche ! Qui est entré dans
ma maison ?
— Personne ! répond sa femme en tremblant.
Mais l'ogre ne la croit pas et il sort son grand couteau.

Pendant ce temps, le Petit Poucet enlève les sept couronnes que portaient les filles de l'ogre et il les pose sur les têtes de ses frères et sur la sienne.
Puis il enfile des petits bonnets de nuit sur les têtes de chaque petite fille, en chuchotant :
— Comme ça, l'ogre ne les reconnaîtra certainement pas.

Vite, le Petit Poucet se glisse dans le lit, car il entend
des pas. C'est l'ogre qui entre dans la chambre. Il y fait très
sombre... Du bout des doigts, l'ogre tâte les couronnes
que portent les garçons... Puis il touche les bonnets de
nuit des petites filles et il ricane :
— Je vais couper la tête de ces visiteurs... Eh eh eh !

Dès que l'ogre sort de la chambre, le Petit Poucet réveille ses frères et il leur dit :
— Partons vite d'ici ! Quand il fera jour, l'ogre se rendra compte qu'il s'est trompé !
Aussitôt, les garçons sautent par la fenêtre et ils s'enfuient. L'ogre pourra-t-il les rattraper ?

Le terrible bonhomme n'est pas loin. Il poursuit
les enfants en rugissant. Puis, fatigué, il s'endort au pied
d'un arbre ! Le Petit Poucet s'approche de lui, sans faire
de bruit... et il lui retire ses deux grosses bottes :
des bottes avec lesquelles on peut faire des pas de géant !

Le Petit Poucet dit à ses frères de rentrer à la maison, puis il rejoint la femme de l'ogre et il lui raconte :
— Des brigands vont tuer votre mari si vous ne leur donnez pas tout votre or et votre argent !
Pour sauver son mari, la brave femme obéit et elle sourit au petit garçon pour le remercier.

Grâce aux bottes de l'ogre, le Petit Poucet parcourt
facilement la grande forêt et il retrouve enfin
sa maison. Il donne à ses parents l'or et l'argent
et il dit en riant :
— Maintenant, je n'aurai plus besoin de ramasser des
cailloux blancs ou des miettes de pain !